Star Marshal

Police in the Universe

Autoren-Team Sültz auf Sylt

Uwe H. Sültz

Star Marshal – Police in the Universe

BoD- Books on Demand

Norderstedt 2016

Bibliografische Information durch die Deutsche Nationalbibliothek

Die Deutsche Nationalbibliothek verzeichnet diese Publikation in der Deutschen Nationalbibliografie; detaillierte bibliografische Daten sind im Internet über http://dnb.dnb.de abrufbar.

© 2016 Uwe H. Sültz

Herstellung und Verlag:

BoD – Books on Demand, Norderstedt

ISBN 978-3-73922-617-0

Vorwort

Die Marshals im Universum sorgen für Gesetz und Ordnung. Wie sie ihre gefährlichen Aufgaben erfüllen, was passiert wenn sich das Polizei-Raumschiff STAR MAR 8 einem Schwarzen Loch zu sehr nähert, was sie im Wilden Westen erleben... in diesem Science-Fiction-Western erfahren Sie es.

Uwe H. Sültz

Unsere Galaxis ist aufgeräumter geworden, nicht etwa was die Sterne und Planeten angeht, es geht um die Kriminalität. Im 25. Jahrhundert schlossen sich 128 Planeten unserer Galaxis zusammen und gründeten das STAR MARSHAL OFFICE. Diese Polizei im Universum hat ihr Hauptquartier auf dem Mars. Der Mars ist Lebensraum für viele Menschen geworden, aber auch viele Außerirdische leben

in Städten wie Lincoln oder Grosnau. Über den Präsidenten Abraham Lincoln wissen wir natürlich vieles, auch Jahrhunderte später. Krock Grosnau ist das Oberhaupt des Planeten Amesis. Gerade er war es, der für Gerechtigkeit und Ordnung in unserer Galaxis, der Milchstraße, plädierte und die restlichen 127 Planeten zusammenbrachte. Auf dem Mars entwickelten sich mittlerweile 80 Städte. Ein Hauptgrund den Mars zum Hauptquartier zu machen, war es, dass seine Anziehungskräfte geringer sind, als auf der Erde. Denn Ursprünglich wurde die Erde als Zentrale der POLICE IN THE UNIVERSE auserwählt. Außerdem kreisen ständig 8 Polizei-Raumschiffe um den Mars.

„Hauptquartier an Marshal Stan Thor. Bitte melden sie sich im Einsatzkommando auf dem Mars im Star Marshal Office Raum 34.", ertönte es aus dem L-

Com. Stan Thor arbeitete gerade wieder an einem uralten Colt. Im Entspannungsraum kämpfte er immer gegen virtuelle Gegner. Das waren auch schon einmal Billy the Kid und andere Revolverhelden. Seine Gedanken waren oft bei seinem Großvater. Greg Thor erzählte seinem Enkel oft etwas über die Vergangenheit. Da war eben immer dieser Sheriff aus Omaha in Nebraska am Missouri. Opa nannte ihn immer nach seinem Enkel Stan. So entstand ein Sheriff im Wilden Westen in der Erinnerung von Stan Thor. Der Star Marshal legte den alten, aber frisch geölten Colt beiseite und meldete sich über L-Com. „Thor, Stan Thor hier über L-Com. Was gibt es?" „Hier General Jackson vom Mars Hauptquartier. Stan, komm' in die Klamotten, dein Einsatz wird benötigt. Ich freue mich, dass du diesen Fall übernimmst. Wir haben uns ja lange nicht gesehen. Wir wollen uns nach deinem Einsatz treffen, geht das klar?", fragte der General. Clint Jackson und Stans Vater waren Pioniere des **STAR MARSHAL OFFICE**. In den Anfangszeiten kämpften sie Rücken an Rücken für Recht und Ordnung. „Geht klar, General. Ich freue mich von dir zu hören.", antwortete Stan. Der General weiter: „Gut, ich übergebe jetzt an Botschafter Kongros vom Planet Mendrok... ... ... Marshal, wir benötigen ihre Hilfe. Ich habe über geheime Kanäle erfahren, dass eine unbekannte Macht die Führung unseres Heimatplaneten bedroht. Es wird wohl wieder um Erze gehen. Ich gebe den Einsatzbefehl KL-456-UG4." „Ich habe verstanden, Botschafter. Meine Mannschaft stelle ich sofort zusammen. Ich werde über L-Com Kontakt zu ihnen halten.", so der Marshal. L-Com ist die Sprach- und Bildübertragung im 25. Jahrhundert. Da die Raumschiffe mit weit über der Lichtgeschwindigkeit fliegen, muss der Zeitunterschied zwischen Raumschiffen und Raumstationen ausgeglichen werden. Die genaue Bezeichnung lautet: Lichtgeschwindigkeits-Ausgleich- Kommunikator, nach dem Erfinder Professor Elias Wardenga aus Deutschland.

Marshal Stan Thor machte sich nun daran, die Mannschaft aufzustellen, die für diesen Einsatz am geeignetsten zu sein scheint. In seiner Bibliothek sind alle Frauen und Männer des STAR MARSHAL OFFICE vertreten. Jetzt musste er nur noch die Verfügbarkeit abrufen.
„Hoffentlich ist Korogon vom Planet Amesis abrufbereit. Er kennt seinen Heimatplanet am besten.", murmelte Stan, auf

dem Bildschirm schauend, so vor sich hin. „Ach, ich werde ihn sofort kontaktieren." Stan nahm das Mikrofon und schaltete L-Com auf senden. „Stan Thor über L-Com an Marshal Korogon... bitte melden... Dringlichkeitsstufe 999ROT3." Jetzt konnte es einige Zeit dauern bis der Kontakt hergestellt wird. Der Lichtgeschwindigkeits-Ausgleich-Kommunikator musste schließlich viel berechnen. War Marshal Korogon nur „um die Ecke" oder viele Lichtjahre entfernt zu finden? Stan Thor schrieb in der Wartezeit seine Liste weiter zusammen. „Mmh... auf jeden Fall will ich Gains dabei haben, auf jeden Fall." Marshal Greg Gains war Stans Freund seit der Kindheit. Beide gingen den Weg der Polizei-Schule gemeinsam. Beide konnten sich jederzeit aufeinander verlassen. Beide retteten sich viele Male gegenseitig das Leben. Greg Gains ist seit 20 Jahren verheiratet, 2 Kinder, ein Haus in Florida. Es war eines der letzten Grundstücke in Florida, welches durch den Präsidenten vergeben wurde. Gains war maßgeblich daran beteiligt, dass der Präsident heute noch lebt. „Hi, hier Korogon. Alles Roger bei dir, Stan?", ertönte es aus dem L-Com. „Na, du wirst ja auch immer amerikanischer, Korogon. Ich freue mich, dass du dich meldest.", sagte Stan Thor. „Ist doch klar. Ich habe bereits auf deinen Anruf gewartet. Auf meinem Heimatplanet ist ja wohl die Hölle los.", so Korogon. „Stimmt, gib mir doch bitte Informationen. Um welche Erze handelt es sich?", fragte Stan Thor. „Krysilium, Stan, es handelt sich um Krysilium. Es ist leicht zu verarbeiten. Wird Krysilium langsam unter Druck gesetzt, dann gibt es kontinuierlich seine Energie frei. Schlägst du auf Krysilium, dann explodiert es mit einer unvorstellbaren Kraft.", erklärte

Marshal Korogon. „Unglaublich, dieses Krysilium. Übrigens, wo bist du gerade?", so die Frage von Marshal Thor. „Ich stehe bei dir vor der Tür! Haste mal ein Bier?"

Jetzt gingen die Marshals die Liste durch. Sie entschieden sich für Marshal Gains, Marshal Stark vom Planet Demus, Marshal Ricardo von der Erde, sowie die Deputys Norgon und Fenston von der Einsatzzentrale Kredok 07. Dazu kommt natürlich noch die ständige Besatzung des Polizei-Raumschiffs STAR MAR 8.

Keine 12 Stunden später startete dann das Raumschiff. Bis zum

Planet Mendrok waren es gute 3 Tage Flugzeit bei 6-facher Lichtgeschwindigkeit. „Marshal Stan Thor an das Mars Hauptquartier." „Hier Mars Hauptquartier, bitte sprechen sie, Marshal." „Wir sind auf dem Weg zum Einsatzort. Bitte übermitteln sie alle Informationen und Daten über L-Com. Wir melden uns und geben einen Statusbericht. Marshal Stan Thor... Ende."

Kurz vor ihrem Ziel ging die STAR MAR 8 auf Unterlichtgeschwindigkeit. Provokativ und siegessicher patrouillierten drei Raumschiffe versetzt um den Planet Mendrok. „Projektor einschalten!", befahl Marshal

Thor. Der Ton wurde nun Ernst. Vorbei mit „haste mal ein Bier", jeder war sich der Aufgabe bewusst. Jeder wusste, dass Krysilium eine ungeheure Macht in den Händen von Terroristen ist. Jeder war aber auch bereit, sein eigenes Leben für viele Milliarden Lebewesen im Universum zu opfern. Denn es sind die Star Marshals, die im Weltraum für Recht und Ordnung sorgten. „Projektor ist eingeschaltet, Marshal.", verkündete der Navigator der **STAR MAR 8**. Der Projektor projizierte nun den Weltraum, der hinter dem Raumschiff zu sehen war, vor das Raumschiff. Dazu waren insgesamt 8 Projektoren nötig, die an allen Ecken des Schiffs eingebaut waren. Marshal Korogon rief: „Es sind Trüpiden-Schiffe!" „Erkläre das genauer.", antwortete Stan Thor. „Mit den Trüpiden hatte wir schon einmal zu tun. Über etliche Jahrhunderte und von Generation zu Generation reisten sie im Tiefschlaf in unsere Galaxis, um nach Beute zu suchen.", erklärte Korogon.

„Ich orte zwei verschiedene Arten von Lebensformen im Amtssitz auf dem Planet Mendrok.", analysierte der erste Offizier der STAR MAR 8. „Und ich erkenne auf dem Bildschirm ein weiteres Schiff der Trüpiden.", sagte der Navigator aufmerksam. „Typisch.", erkannte Marshal Korogon. „Sie halten unsere Politiker gefangen und erzwingen Beute. Dann folgt der Raumfrachter zur Verladung." „Vorschläge!", rief Stan Thor in die Runde. „Wir vernichten die drei Raumschiffe und den Frachter!", brachte sich Deputy Norgon ins richtige Licht. „Es ist noch ein weiter Weg zum Marshal für dich.", antwortete Marshal Stark. „Sorry.", so der Deputy kleinlaut. „Krogon, kommen wir unbemerkt in euren Amtssitz?", fragte Stan Thor. „Ja, wir Marshals vom Planet Mendrok haben die Codes für die

fünf unterirdischen Fluchtgeheimgänge."

„Gut, dann arbeiten wir jetzt einen Plan aus. Wieviel Zeit haben wir bis zum Eintreffen des Frachters?", so Marshal Thor. „Etwa zwei Stunden.", schätzte der Navigator. Nach 43 Minuten stand der Plan. Die Körpertransporter sollten die Marshals und Deputys in die unterirdischen Geheimgänge befördern. „Hoffentlich stimmen alle Koordinaten, mein lieber Freund Korogon. Sonst war es das mit dem Bier, dann werden wir in einem Felsen materialisiert.", lachte Marshal Stan Thor. „Ich habe alle Daten so gut wie möglich geschätzt.", flachste Marshal Krogon. „Waaas? Geschätzt?", schrie Deputy Fenston. „War nur Spaß.", erwiderte Krogon. In dem Augenblick drückte Taktiker Ross Corwell der STAR MAR 8 auf den Transportknopf. Auch Ross Corwell hätte sich an dem Befreiungsunternehmen beteiligen können, er hatte Ausbildungen in allen Kampfsportarten absolviert. Aber er gehört zur Verteidigungscrew des Raumschiffes. Außerdem sind im Jahr 2480 das Tragen und Benutzen von Waffen nur den Marshals und Deputys gestattet.

Gespannt schaute Corwell auf seine Monitore und Datenbänke. „Geschafft Leute! Sie sind gut angekommen, alle Lebenssignale sind im grünen Bereich. Bei Deputy Fenston sehe ich einen erhöhten Pulsschlag.", sagte Corwell. „Bei dem Spaß zuvor von Korogon... kein Wunder.", lachte der Navigator. Captain des Raumschiffs STAR MAR 8 war Lydia Gohr. Jeden Einsatz, den Marshal Stan Thor hatte, erlebte sie mit wackeligen Knien mit, denn sie war sehr an Stan interessiert. Zumal Stan auch noch ein sehr attraktiver Junggeselle war. Kurz bevor der Funke überspringen konnte, beide amüsierten sich im Freizeitraum an der Bar, wurde die STAR MAR 8 angegriffen. Beide verschoben ihr Rendezvous dann auf unbestimmte Zeit. „Maschinen auf Bereitschaft einstellen. Fluchtgeschwindigkeit in Richtung Erde berechnen. Kampfplätze besetzen, falls die

Jungs Schwierigkeiten bekommen.", befahl Lydia Gohr mit fester Stimme.

In der Zwischenzeit verteilte Marshal Stan Thor die Aufgaben im Untergrund des Amtssitzes der Führung des Planeten Mendrok. Plötzlich Geräusche.

„Ruhig Männer.", flüsterte Stan Thor. „Wahrscheinlich haben die Trüpiden die Geheimtüren entdeckt.", sagte Korogon. „Ich gehe vor, Stan. Nimm meine Ausrüstung und meine Waffen. Sie denken, dass ich ein Arbeiter wäre. Ich habe einen Plan.", so Korogon weiter. Er ging mit einer Spitzhacke in den Händen, die vor langer Zeit beim Bau der Gänge gebraucht wurde, laut pfeifend direkt auf die Kidnapper zu. „Hallo Leute, wir haben eine neue Quelle des Erzes gefunden. Nanu? Wer seid ihr denn, solch nackte Gestalten habe ich auf unserem Planeten noch nie gesehen?" Sofort schlug ihn einer der Trüpiden nieder. Nun, im Gegensatz zu den Bewohnern des Planeten Mendrok, die mit einem dichten Körperpelz ausgestattet waren, sahen die Trüpiden wirklich blass und kahl aus. Waffen wo man nur hinblicken konnte, ein militärisches auftreten, gepaart mit einem grimmigen Gesichtsausdruck. Die Marshals waren in sicherer Entfernung. „Müssen wir nicht eingreifen?", flüsterte Ricardo fragend. „Er weiß, was er tut.", so Stan Thor. Benommen stand Korogon auf. Es folgte der nächste Schlag. „Wo sind die Erze? Führe uns sofort dort hin.", ertönte es aus den Übersetzungskommunikatoren der Trüpiden. Laut rief Korogon: „Ach, könnt ihr nicht in unserer Sprache kommunizieren? Braucht ihr also Übersetzer? ÜBERSETZER braucht ihr also!" „Marshal Stan Thor verstand den Wink sofort. Bei Übersetzern spielte es keine Rolle wer spricht, es wurde alles per Computerstimme ins Trüpidische übersetzt. „Sage sofort wo die Erzquelle ist, Arbeiter, sonst..." „Keine Panik! Ich will mein Leben behalten. Folgt mir.", sagte Korogon. Er führte die vier Trüpiden direkt auf die Marshals zu. In seinem dichten Pelz hatte er eine Strahlenkanone versteckt. Blitzschnell zückte er das Ding, drehte sich um und feuerte. Gleichzeitig standen die Marshals im Gang und zogen wie in einem Western ihre Kanonen. Die Trüpiden überlebten dieses Duell nicht. Marshal Ricardo blies wie Clint Eastwood den Rauch aus dem Lauf, nur rauchte im 25. Jahrhundert nichts, es waren schließlich Laserkanonen. „Gut, dass du deine Kanone in deinem Pelz verstecken konntest, alter Freund.", freute sich Stan. „Ja, sonst fühle ich mich wirklich sehr nackt.", erwiderte Korogon lachend. „So Männer, Planänderung. Über den Übersetzungskommunikator lotsen wir so viele Trüpiden wie möglich hierher. Korogon und ich verstecken uns vor der Tür des Amtssitzes und versuchen mit dem Rest fertigzuwerden. Danach greifen wir von hinten an und nehmen die Bande ins Kreuzfeuer.", ordnete Marshal Thor an. „Lass' mich in den Kommunikator sprechen. Ich hörte, wie einer mit einem

Krockzeck sprach.", so Marshal Korogon. „Mache es, wir räumen die Leichen beiseite.", sagte Stan. „Ich rufe Krockzeck, ich rufe Krockzeck!", rief Korogon in den Kommunikator. „Du hörst dich so anders an, Nimzock. Was ist los?", ertönt es aus dem Kommunikator. „Die Erze stören den Kommunikator. Wir haben eine Goldgrube gefunden. Erze in Hülle und Fülle. Kommt herunter um uns zu helfen. Der Frachter soll sich bereit machen und die Schutzschilder runterfahren.", befahl Korogon per Übersetzungskommunikator. „Unser Frachter hat gar keine Schutzschilder. Nimzock, bist du das wirklich?", ertönte es. Die Sache schien aufzufliegen. Da fand Stan bei einem getöteten Trüpiden eine Flasche Plohm, das ist ein alkoholisches Getränk auf Mendrock und warf sie vor Korogons Füße. „Ich meine diese Schutzschilder, oder wie heißt das denn, diese Schutzetiketten vom erbeuteten

Plohm, damit wir alle anstoßen können. Wir waren schließlich erfolgreich!", sagte Korogon. „Ha, ha, ha! Ja, du hast Recht Nimzock! Auf den Erfolg und die Beute!"

Die Marshals Thor und Korogon liefen schnell zum Eingang und versteckten sich. Die Geheimtür öffnete sich und 12 Trüpiden gingen lachend und siegessicher den Gang entlang, direkt in die Arme der anderen Marshals und Deputys. Diese positionierten sich geschickt zwischen den Felsen. Thor und Korogon warteten etwas, danach erstürmten sie den Amtssitz. Die beiden übriggebliebenen Trüpiden waren ein leichtes Spiel für die Marshals. „Jetzt zu den

anderen!", rief Korogon, nachdem er sah, dass die Führer des Planeten Mendrok unverletzt waren. „Warte, ich kontaktiere das Raumschiff. Marshal Thor an das Raumschiff STAR MAR 8. Bitte melden."
„Hier Captain Lydia Gohr. Stan, seid ihr unverletzt?" „Ja, Lydia, sind wir. Auf mein Zeichen legt ihr euch mit den drei Raumschiffen an, nehmt auch den Frachter in Angriff!", so der Marshal. „Geht klar, viel Glück euch!", so Lydia Gohr. Von weitem hörten die beiden Marshals schon die Strahlenkanonen. Gains, Stark, Ricardo, Norgon und Fenston schossen aus allen Rohren. Norgon war leicht verletzt. Die Trüpiden hatte größere Verluste. Drei von ihnen hatten gut geschützte Verstecke. Plötzlich standen die Marshals Thor und Korogon hinter ihnen. „Im Namen des Gesetztes des STAR MARSHAL OFFICE! Ihr seid verhaftet, legt die Waffen nieder und ergebt euch!" Die drei

Trüpiden drehten sich um und zogen ihre Waffen. Aber die Marshals waren schneller. Durchbohrt mit zahlreichen Schusswunden sackten die Trüpiden zusammen. Stan Thor gab sofort das Zeichen zum Raumschiff, damit Lydia handeln konnte.

Captain Lydia Gohr ließ die STAR MAR 8 etwa 5000 Meter neben dem eigentlichen Aufenthaltsort projizieren. Über den erbeuteten Übersetzungskommunikator rief Marshal Stan Thor die Raumschiffe auf, sich zu ergeben. Er selbst und die anderen blieben noch auf dem

Planet Mendrok, falls die Trüpiden weitere Kämpfer schicken sollten. Außerdem war es zu gefährlich, jetzt den Körpertransporter einzusetzen. Die Trüpiden Schiffe umzingelten die projizierte STAR MAR 8 und feuerten aus allen Kanonen. Sie besaßen Plasma-Bomben, die die STAR MAR 8 sofort vernichten könnte. Captain Gohr blieb auf ihrer verdeckten Position. Marshal Thor rief nochmals über den Übersetzungskommunikator: „Im Namen des Gesetztes... ergebt euch!"... ... ... Jetzt war Lydia Gohr gefragt. „Antimaterie-Werfer ausrichten. Auf Fluchtgeschwindigkeit vorbereiten. Mit den Körpertransportern die Mannschaft auf dem Planet erfassen. Navigator, beobachten sie den Frachter, der will fliehen!", befahl Gohr. „FEUER FREI!"

Die Trüpiden merkten viel zu spät, dass sie aus einer anderen

Richtung angegriffen wurden. Die starke Feuerkraft der STAR MAR 8 vernichtete die drei Raumschiffe sofort. „Holt uns an Board.", sagte Stan Thor über L-Com. „Jetzt den Frachter verfolgen.", so Lydia Gohr. Sie stellten den Frachter und verhafteten die Crew. Der Frachter wurde den Beamten des Planeten Mendrok übergeben, um technische Informationen über die Eindringlinge zu erhalten. Die Crew des Frachters wurde eigesperrt und wartete nun auf ein Gerichtsverfahren.

„Bin ich froh, dass ihr alle wieder auf dem Schiff seid. Wie sieht es heute Abend mit einem

Rendezvous in der Schiffsbar aus, Stan?", fragte Lydia. „Ich freue mich darauf.", erwiderte Stan. „Wir setzen die Ganoven auf Ursus 4 ab. Dort ist ein Sicherheitsgefängnis. Es sind nur wenige Lichtjahre Umweg, dann haben wir das Gesindel nicht so lange auf unserem Schiff.", ordnete der Marshal an. Das Polizei-Raumschiff startete zu diesem Planet. Der Eintrag ins Logbuch lautete: „Auftrag mit Erfolg durchgeführt. Die Führung auf Mendrok ist befreit. Auf unserer Seite keine Verluste. 18 Gefangene, die zu Ursus 4 gebracht werden. Voraussichtliche Rückkehr zum Mars in etwa 100 Stunden nach Erdenzeit. Captain Gohr... Ende."

In der Schiffsbar trafen sich abends die Marshals, Deputys und Crewmitglieder der STAR MAR 8. Es wurde gefeiert, gelacht und erzählt. Der Nahrungsreplikator erzougte Weine aus einer längst vergessenen Zeit. „Ich habe da mal eine Frage, Captain. Wie haben Sie damals entdeckt, dass es außerhalb des Universums noch Raum gibt? Ich dachte, das Universum ist endlich.", fragte Deputy Norgon. „Eigentlich wollte ich mich jetzt amüsieren, Deputy, aber ich erkläre es ihnen gerne. Ich war gerade zwei Monate Captain auf dem Technikraumschiff LOGROS 07.

Es war vollgepackt mit der neusten, aber ungeprüften Technik. Es waren Antriebserfindungen, es wurde mit Materie, Antimaterie, Dunkle Energie, usw. experimentiert. Prof. Isaak Greg war immer schon der Meinung, dass alles wie im Kleinen, so auch im Großen ist. Das Elektron kreist um den Atomkern, der Mars kreist um die Sonne, die Sonne kreist in der Milchstraße um ein Schwarzes Loch. Galaxien kreisen um riesige Schwarze Löcher. Und was ist mit dem Universum? Ist danach das Nichts? Wir testeten gerade einen neuen Antrieb mit der Dunklen Energie. Plötzlich waren wir nicht mehr im feststofflichen Universum, sondern in der Dunklen Materie. Wir schossen durch das Universum und wurden aus diesem katapultiert. Wir knallten nicht etwa an eine Wand, an ein Ende des Universums. Nein, der Raum, in dem sich das Universum ausdehnt, ist viel größer. Das Raumschiff stoppte irgendwann. Als wir im Ansatz realisiert haben, was da eigentlich passiert ist, sahen wir unser Universum so groß wie eine Wassermelone auf den Monitoren. Wir stellten die Außenkameras auf Rundumsicht. Wir sahen viele andere Universen. Prof. Isaak Greg nannte diesen Raum das Omnium. Wie viele Universen das Omnium beinhaltet, wissen wir noch nicht." Der Deputy bedankte sich und ging zur Bar, um mit seinen Freunden darüber zu diskutieren.

Das Atom

Das Sonnensystem

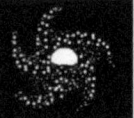
Die Galaxien

Physikalische Systeme
Objekte, die ein Ganzes sind und sich in der Raumzeit in einer Umgebung abgrenzen, sind Physikalische Systeme. Bislang fehlt der Beweis beim Universum. Überlegung: Viele Universen könnten in einem Raum sein, den man Omnium (das Ganze) nennen könnte. Dann hat unser Universum eine Umgebung. Autorenteam Sültz auf Sylt

Vom Atom bis zum Omnium
Eine Überlegung vom Autorenteam Sültz auf Sylt

Das Universum

Das Omnium

„Stan, hier ist mir heute zu viel los, lass' uns in meine privaten Räume verschwinden.", schlug Lydia vor. Beide schlichen sich aus der Bar und verbrachten eine herrliche Nacht zusammen.

„Navigator an den Captain. Wir nähern uns Ursus 4.", ertönte es aus dem L-Com. „Ich komme sofort auf die Brücke.", antwortete Lydia Gohr. „Liebster, kümmerst du dich um die Gefangenen? Aber sei vorsichtig."

Die 18 Gefangenen wurden abgeliefert. Nun nahm das Polizei-Raumschiff Kurs auf den Mars.

Alle Systeme arbeiteten einwandfrei. Plötzlich meldete sich die Stimme des Bordcomputers: „Warnung! Die Nähe eines Schwarzen Lochs wird registriert! Warnung!" „Captain, ich habe das Schwarze Loch auf dem Schirm. Es liegt auf unserer Route. Das Schwarze Loch hat seine Position stark verlagert, unsere Weltraumkarten müssen neu erfasst werden.", so der Navigator. „Übermitteln sie alle Daten zu allen 128 Planeten, die dem STAR MARSHAL OFFICE angeschlossen sind. Geben sie eine allgemeine Warnung aus.", befahl Captain Lydia Gohr. „Objekt von Backboard!", schrie der Wissenschaftsoffizier. Zu spät. Ein riesiger Eisbrocken, angezogen durch das Schwarze Loch, kollidierte mit der STAR MAR 8 und riss das Raumschiff in Richtung Schwarzes Loch. „Gegensteuern! Volle Kraft!", rief Gohr. „Eine Antriebsgondel ist beschädigt. Ich kann sie nicht aktivieren. Wir werden vom

Schwarzen Loch angezogen!", so der Wissenschaftsoffizier. „Können wir durchfliegen oder werden wir zerfetzt?", sorgte sich Deputy Fenston. „Wer durch ein Schwarzes Loch fliegt, steuert innerhalb dessen auf ein Weißes Loch zu. Der Endpunkt ist ein Paralleluniversum zu unserem. Aber das ist Theorie, pure Theorie!", erklärte Captain Lydia Gohr. „Die linke Antriebsgondel ist abgerissen!", so der Navigator. „Wir geben die STAR MAR 8 auf. Geben sie einen Bericht zum Mars. Alle Mann von Bord. Besetzt die Fluchtkapseln. Ich bleibe so lange wie möglich auf dem Raumschiff und versuche die Stellung zu halten!", rief Gohr. „Wir bleiben!", rief der Navigator. „Das ist ein Befehl! Alle Mann von Bord!", bekräftigte Gohr. „Ich bleibe, Lydia.", flüsterte Stan Thor.

Die Fluchtkapseln schossen mit Lichtgeschwindigkeit in Richtung Mars. „Ich bereite unsere Fluchtkapsel auch vor, Lydia.", sagte Stan. Stan packte auch etwa zwei Kilogramm Krysilium ein. Damit wollte er im Mars-Hauptquartier experimentieren. „Computer, wann müssen wir spätestens das Raumschiff verlassen?", fragte Gohr. „Sie erreichen den gefährlichen Einzug in genau 3 Minuten und 45 Sekunden. Sie erreichen den Kern in 4 Minuten und 23 Sekunden. Heute ist das

Wetter auf der Erde in Kalifornien sonnig. Sie sind Schach-Matt in zwei Zügen. Sie sind schwanger, Captain. Sie haben noch drei krotiokorendrendrum....", antwortete der Computer und versagte völlig. Die STAR MAR 8 drehte sich immer schneller, wurde immer näher angezogen. Die Außenkameras versagten. Das Lebenserhaltungssystem versagte. Immer mehr Systeme fielen der Anziehungskraft und dem enormen Druck zum Opfer. Lydia und Stan saßen gefangen in der Fluchtkapsel. Der kleine Monitor funktionierte noch. Die Frage war nun, wann ist der richtige Augenblick zum Starten? Geht es dann tiefer in das Schwarze Loch oder schaffen sie den Sprung in die Freiheit. „Durch die Drehbewegung habe ich berechnet, dass die zweite Antriebsgondel des Schiffs in Richtung Kern zeigt. Wir gehen auf Fluchtgeschwindigkeit und gleichzeitig schieße ich auf die

Gondel. Wenn sie explodiert wird die freiwerdende Kraft uns helfen freizukommen.", schlug Lydia vor. „Ja, ist natürlich Theorie, ist schon klar.", lachte Stan mit Galgenhumor. „Übrigens lautet die letzte Botschaft der Crew, dass alle in Sicherheit sind.", ergänzte er noch.

Das Raumschiff drehte sich schneller und schneller. Lydia leitete die geplante Aktion ein. Ein Lichtblitz, denken war jetzt unmöglich, Angst haben war unmöglich, beide umarmten sich. Als die Antriebsgondel der STAR MAR 8 explodierte, setzte sie eine enorme Kraft frei, gleichzeitig ging die

Fluchtkapsel auf Lichtgeschwindigkeit.

„Captain Lydia Gohr an die Crew der STAR MAR 8. Meldet euch. Die STAR MAR 8 ist explodiert, Marshal Thor und ich sind gerettet. Bitte melden.", funkte Captain Lydia Gohr in den Raum. Keine Antwort. „Vielleicht ist unser L-Com beschädigt, lass' uns in Richtung Mars fliegen.", schlug Stan vor.

Die Zeit verging. „Ich bin übrigens schwanger.", freute sich Lydia. „Was? Ich werde Vater! Klasse!", freute sich Stan ebenso. Der Mars war in Sicht. „Was ist das denn? Der Mars ist unbewohnt. Wo sind unsere Städte? Wo ist mein Haus?". Stan war unangenehm überrascht. „Es kann sich nur um einen Zeitsprung handeln. So etwas ist noch nie geglückt. Aber was heißt geglückt. Jetzt sind wir mittendrin. Was erwartet uns? Etwa Dinosaurier?", analysierte Lydia. Sie flogen in Richtung Erde. „Ich analysiere in Europa eine hohe Bevölkerungsdichte. Mein Vorschlag ist es, wir landen geschützt im Gebiet der Rocky Mountains. Wir sind übrigens mitten im Wilden Westen. Hier können wir uns am besten eine neue Identität aufbauen.", schlug Stan vor. „Gut, ich bin einverstanden. L-Com stelle ich auf SOS. Die Energie reicht für Jahrhunderte.", so Lydia. Die Fluchtkapsel näherte sich der Stratosphäre. Lydia fuhr die Flügel aus. Jetzt sah die Fluchtkapsel wie ein Fluggleiter aus. „Ich stelle auf Schubumkehr, halte dich gut fest, Stan." Lydia landete den Gleiter vorsichtig zwischen Felsen nahe Colorado Springs.

Colorado Springs wurde gerade gegründet. „Ich erkenne Menschen in etwa 500 Meter Entfernung auf dem Monitor. Sie sind verletzt.", sagte Lydia. Lydia und Stan stiegen aus dem Gleiter und wollten zu den Verletzten, um ihnen zu helfen. Es war eine Familie, die auf dem Weg nach Colorado Springs war. Nur der Vater lebte noch. „Wo ist

meine Frau? Wo meine beiden Kinder? Unser Erspartes, wo ist das?", stammelte er schwerverletzt. "Alles ist in Ordnung. Ruhen sie sich aus, wir versorgen sie und ihre Familie.", tröstete Lydia den Mann. Der Mann starb in ihren Armen. Alle wurden erschossen, das ersparte Geld war verschwunden. Ein Goldnugget fanden sie versteckt im Planwagen. Lydia und Stan zogen die Kleidung des Paares an. Stan nahm noch sein Krysilium mit, außerdem einige Bordwerkzeuge. Die Strahlenkanonen nahmen sie nicht mit, auch keine Kommunikatoren. Jetzt fuhren sie mit dem Planwagen nach Colorado Springs. Dort angekommen, verschafften sich Lydia und Stan zunächst einen Überblick. In der Bank gaben sie das Gold ab und tauschten es gegen Dollar ein. Danach wollten sie ins Hotel. "Suchen sie eine Bleibe für ihre beiden Pferde?", fragte ein Junge. "Für einen viertel Dollar sorge ich dafür, dass die Pferde Futter erhalten, striegele sie und der Planwagen wird gut untergestellt."

„Wer bist du denn?", fragte Stan. „Pedro, ich bin Pedro. Ich sorge für meine Familie.", antwortete der Junge. Stan gab ihm einen ganzen Dollar und sagte: „Mein Name ist Marshal Thor. Wo lebt deine Familie?" „Waas? Sie sind Marshal? Ein echter Marshal?", staunte Pedro. „Ja, mein Junge, bin ich.", so Marshal Stan Thor, „Und das ist meine Begleiterin, Captain... äh, nein, ach nenne sie einfach Ms. Gohr." „Mr. Marshal, sie finden meine Familie, mich und ihren Planwagen am Ende der Straße auf der rechten Seite.", so Pedro und fuhr mit dem Planwagen los. Im Hotelzimmer überlegten Lydia und Stan ihre weitere Vorgehensweise. „Sollte die Welt im Jahr 2480 uns finden, sind wir gerettet. Wenn nicht, dann sitzen wir im Jahr 1880 fest. Aber wir machen das Beste daraus, Lydia. Ich besorge mir zunächst einmal einen Colt, für alle Fälle.", sagte Stan. „Gut, bringe mir auch einen mit. Ich bestelle inzwischen etwas zu Essen.", ergänzte Lydia. Stan besorgte eine gute Ausrüstung. „Na, damit können sie ja Sitting Bull alleine besiegen.", lachte der Verkäufer des Geschäftes, in dem es einfach alles gab. „Ja sicher, ich hörte, dass der Wilde Westen ganz schön wild sei. Ich nehme noch eine Tüte Lutscher.", sagte Stan Thor. Auf der Straße traf er Pedro, der gerade verkünden wollte, dass er einen echten Marshal kennt. „Pedro!", rief der Marshal, „Höre mir einmal zu. Verrate noch nicht, dass ich Marshal bin. Ich habe einen Geheimauftrag, weißt du. Hier habe ich Süßes für dich und deine Freunde." „Verstehe, Marshal. Ich verrate nichts. Können sie denn auch meinem Vater helfen?", fragte Pedro. „Später, mein Junge, später."

In Colorado Springs eröffneten immer mehr Saloons. Es floss viel Alkohol, der ein oder andere Tote war zu beklagen. Viele Familien zogen von Norden nach Süden, von Osten nach Westen, es war der Goldrausch, der alle in seinen Bann zog. Glück und Unglück lagen nahe beieinander. Der Sheriff der Stadt hatte viel zu viel zu tun. Die Zeit verging. Lydia und Stan ließen sich in der Kirche trauen. In 4 Wochen erwarteten sie ihr erstes Kind. „Wird es ein Mädchen, könnte es Selina heißen, wird es ein Junge, dann Korogan, den Namen gibt es auf Mendrok.", sagte Stan begeistert. Lydia lachte laut:

„Stan, wir befinden uns im Jahr 1880 auf der Erde. Wir müssen Namen aus diesem Jahrzehnt auswählen. Wie wäre es mit Joe oder Elizabeth?" „Ist in Ordnung. Hauptsache gesund.", so Stan. Es wurde dann doch ein Joe. „Das ist jetzt bestimmt Höhere Mathematik, Lydia.", sagte Vater Stan. Mutter Lydia darauf: „Verstehe ich jetzt nicht, Liebster." „Nun ja, es war eine schöne Nacht 2480. Jetzt, 1880, wurde unser Sohn geboren, dann ist er jetzt doch Minus 600 Jahre alt!", lachte Stan. Beide nahmen sich in den Arm und waren glücklich.

Lydia fand eine Anstellung im Kolonialwarengeschäft Smith & Co. Stan wurde Viehtreiber, ein echter Cowboy also. Es hatte alles sehr wenig mit den Showduellen im Entspannungsraum auf dem Mars zu tun. Und mit dem Sheriff aus Omaha, die Geschichten vom Opa, gab es auch nicht viel Ähnlichkeit. Es war als Cowboy ein harter Job. Abends sprachen die Eheleute dann über ihren erlebten Tag. „War Joe brav heute?", fragte Stan. „Sehr sogar. Wenn alle so brav sein würden. Du bist ja auf der Ranch. Aber hier in der Stadt wird es immer gefährlicher. Es entsteht ein richtiger Bandenkrieg.", mit ängstlicher Stimme sagte Lydia diese Worte. „Und der Sheriff? Kommt er noch zurecht?" „Nein, die Übermacht ist zu groß."

In der Freizeit arbeitete Stan auf dem Hof von Pedro an seinem speziellen Colt. Er baute eine größere Trommel ein. Jetzt hatte der Revolver neun Schuss. Für die letzten drei Patronen verwendete er Krysilium. Nur eine Winzigkeit sorgte für eine Explosion, ähnlich wie Dynamit. Die Trommel ließ sich leicht entnehmen, eine gefüllte Ersatztrommel hatte Stan immer in der Tasche. Aber er hatte noch mehr vor, aber alle Arbeiten kosteten sehr viel Zeit. „Mr.

Marshal, darf ich dich etwas fragen?", so Pedro. „Natürlich, mein Junge. Was bedrückt dich?" „Mr. Marshal, es geht um meinen Vater. Er ist von einer Bande verschleppt worden. In einer Mine muss er arbeiten. Der Sheriff sagt, er wäre in Omaha. Aber dort sei er nicht zuständig. Mr. Marshal, kannst du helfen?" „Ich werde dir und deiner Familie helfen. Ihr habt mir und meiner Frau geholfen. Bei euch ist Joe geboren worden und ihr passt gut auf mein Kind auf. Ich verspreche, ich helfe dir."

Abends besprach Stan alles mit seiner Frau Lydia. Lydia hatte schlechte Nachrichten. In zwei Tagen erscheint hier in Colorado Springs die Stanton-Bande. Der Sheriff mobilisiert gerade Helfer. Aber wer wird schon mit Revolverhelden fertig? „Lass' mich überlegen, Lydia. Bleibe du an dem Tag im Geschäft und lasse dich nicht auf der Straße sehen. Unser Joe ist bei Pedro gut aufgehoben. Schlafen wir jetzt.", beruhigte Stan seine Frau.

Stan nahm sich für den besagten Tag frei. Er hatte so gute Arbeit geleistet, dass der Rancher Cliff Dorn ihm gern diesen Wunsch erfüllte. Morgens brachten Lydia und Stan ihren Sohn zu Pedro. Lydia ging normal zur Arbeit. Vor dem Laden stand eine Bank. Stan Thor setzte sich mit einer Zeitung darauf und beobachtete alles. Der Sheriff war sehr nervös. Er verteilte seine Helfer. Stan Thor erinnerte sich gern an seine Deputys. Wenn er jetzt die Truppe hätte... aber die war 600 Jahre entfernt. Plötzlich kam ein

Reiter und rief: „Sie kommen! Bringt euch in Sicherheit! Sie kommen!"

Eine dramatische Situation entstand. Der Sheriff stellte sich wagemutig mitten auf die Straße. „Das ist ja Wahnsinn.", dachte sich Marshal Stan Thor. Die Bande ritt in die Stadt ein. Angeführt von Bill Stanton. Fünfzehn Männer saßen bis an die Zähne bewaffnet auf ihren Pferden. Die Bewohner von Colorado Springs versteckten sich. Zwei Helfer des Sheriffs hatten die Hose voll und liefen einfach in die Kirche. „Wie ist die Lage, Stan?", flüsterte Lydia durch die etwas geöffnete Ladentür. „Die Bande fühlt sich sehr sicher, sie haben sich nicht verteilt. Ich hoffe es sind nicht mehr. Ansonsten... Fünfzehn auf einen Streich."

Immer näher kam die Bande. Mit ihren Revolvern und Gewehren zielten sie auf Fenster und Türen. Sie schossen nicht, aber verbreiteten so Angst und

Schrecken. Jetzt ritten sie an Marshal Stan Thor vorbei. Mit der Zeitung verdeckte er seinen umgebauten Colt. Nun standen die fünfzehn Männer vor dem Sheriff. Marshal Thor war in ihrem Rücken. „Mach' dich aus dem Staub, Sheriff. Wir übernehmen die Stadt.", befahl Bill Stanton. „Ich verhafte euch im Nehmen des Gesetzes.", antwortete mutig der Sheriff. Die Männer positionierten sich nebeneinander vor dem Sheriff. Langsam erhob sich Marshal Stan Thor und suchte Schutz vor einem Pfosten. Lässig lehnte er sich daran, aber mit der Hand am Colt. „Ihr habt gehört, der Sheriff hat euch etwas gesagt. Ich sage hiermit, legt die Waffen nieder." Drei Männer drehten ihr Pferd in Richtung Marshal. „Wer sagt das?" „Mein Name ist Marshal Stan Thor und nun runter mit den Waffen."

Die Männer zogen ihre Revolver. Stan Thor war klar schneller. Noch drei Schuss waren offiziell in der Trommel. Bill Stanton schoss auf den Sheriff. Am Boden liegend erschoss dieser zwei Männer. Dann traf ihn eine weitere Kugel. Jetzt drehten sich zehn Männer zu Marshal Stan Thor. „Was war noch, Großmaul? Was willst du mit deinen drei Kugeln ausrichten?", so Stanton. „Ich warne euch ein letztes Mal, Waffen fallen lassen.", so der Marhal. „Macht ihn fertig!", schrie Stanton. Noch ehe die Bande ihre Kanonen ziehen konnten, erschoss der Marshal mit den drei Kugeln Bill Stanton, danach schoss er mit den Krysilium-Patronen in die Mitte der Bande. Die heftigen Explosionen warfen die Männer von den Pferden. „Nun noch einmal, ich verhafte euch im Namen des Gesetzes.", sagte der Marshal mit ruhiger Stimme, dabei setzte er die nächste gefüllte Trommel ein. Jetzt kamen die Helfer des Sheriffs aus ihren Verstecken und

brachten die Überlebenden ins Gefängnis.

Der Sheriff wurde verarztet. Noch lange Zeit erzählten sich die Bürger von Colorado Springs dieses Duell. „Ich bleibe solange mit meiner Familie in der Stadt, bis sie gesund sind, Sheriff.", sagte der Marshal. „Einen Mann wie sie könnten wir hier gut gebrauchen. Ich danke ihnen im Namen der Stadt Colorado Springs. Ich verdanke ihnen mein Leben, Marshal.", so der Sheriff. „Leider muss ich ablehnen. Ich habe einem kleinen Jungen etwas versprochen. In der nächsten Woche geht es nach Omaha."

Der Tag des Abschiedes aus Colorado Springs nahte. Familie Thor wurde mit großem Beifall verabschiedet. Stets überdeckte Marshal Stan Thor das Wort STAR auf seinem Marshal-Abzeichen. Im 25. Jahrhundert trugen die Marshals das Abzeichen, da sie sich mit den US-Marshals im 19. Jahrhundert verbunden fühlten. Um eine neue Identität aufzubauen, ließen sich Lydia und Stan ihre Dienste in Colorado Springs schriftlich bestätigen. Später nannte man dies dann Arbeitszeugnis. Jetzt waren beide echte Amerikaner aus dem 19. Jahrhundert. „Ich werde nach Omaha telegrafieren, dass ich sie als

Sheriff empfehle, Mr. Thor. Das ist das Mindeste was ich tun kann, um ihnen das Leben dort zu vereinfachen.", versprach der Sheriff von Colorado Springs.

Der Weg nach Omaha war lang und beschwerlich. Über 600 Meilen waren zurückzulegen. Der alte Planwagen musste oft von Stan repariert werden. Es war heiß. Die Sonne war mörderisch. Langsam gingen die Essens-Vorräte zu Ende. Wasser hatten sie genug, denn die Bewohner in Colorado Springs empfahlen die Route am Platte River entlang. Die Stadt Lexington war das nächste Ziel, um alle Vorräte aufzufüllen. In Lexington erwarb Stan zwei Reitpferde und alles was nötig war, um den Rest der Reise zu überstehen. Nach zwei Tagen ging es weiter in Richtung Omaha.

Die Fahrt wurde jetzt abwechslungsreicher. Hin und wieder sah man nun Eisenbahnarbeiter. Der kleine

Joe verfolgte alles sehr aufmerksam. Kurz vor Lincoln sahen Lydia und Stan Rauchwolken am Horizont. „Ich reite voraus und sehe mir das einmal an. Nimm das Gewehr.", sagte Stan etwas besorgt zu seiner Frau. Er selbst nahm den umgebauten Colt mit. Vor der Reise konnte Stan noch die letzte Stufe seiner Umbauaktion erledigen. Stan ritt los. Von weitem konnte er erkennen, dass Männer auf Pferden fünf Planwagen angriffen. Waren es Indianer? Stan kam näher. Es schien eine Bande zu sein. Mit Halstüchern verdeckten sie ihr Gesicht. Bis auf 1500 Meter näherte sich Stan an. Jetzt konnte er genau erkennen, dass Frauen und Kinder in den Planwagen waren. Die Väter verteidigten sich tapfer, waren aber chancenlos. Sie waren mit der Bande völlig überfordert. Stan suchte sich eine leichte Anhöhe. Jetzt schraubte er Laufverlängerungen an seinen umgebauten Colt. Er wechselte die Trommel aus, befestigte ein Zielfernrohr und legte die Spezialmunition mit Kysilium ein. Die 1500 Meter waren locker zu schaffen. Er zielte auf die Bande. Natürlich sollten die Frauen, Männer und Kinder nicht verletzt werden. Stan schoss. Das Geschoss heulte durch die Luft. Es erinnerte Stan fast an ein startendes Raumschiff. Eine Explosion zwischen den Angreifern. Sie irrten herum. Stan schoss wieder. Eine Kugel legte er noch nach. Wieder Explosionen. Die überlebenden Angreifer suchten das Weite. Mittlerweile war Lydia mit dem Planwagen angekommen. Sie fuhren nun zu den Familien.

Die Kinder liefen Lydia und Stan schon laut rufend entgegen: „Sie haben uns gerettet, sie haben uns gerettet! Dankeschön!" Abends am Lagerfeuer erzählten alle Geschichten aus dem Leben. Für Lydia und Stan waren diese Geschichten sehr interessant, denn sie mussten sich schließlich eine Vergangenheit aufbauen. Die Gruppe kam aus Irland und wollte sich als Farmer in Amerika niederlassen. Zunächst dachten sie an das Gold. Aber als Goldgräber war es mit Kindern viel zu gefährlich. Alle zogen von Dublin aus in den Westen. „In Dublin wohnen meine Eltern.", sagte Lydia. „Ach, wie klein die Welt ist. Wo denn da?", fragte Jane McReed. „Nahe des Flughafens, äh, ich meine des Hafens.", verbesserte sich Lydia. „Ja, der Hafen zur Irischen See ist wunderbar. Wir haben ihn oft besucht.", so Jane.

Nun hatten Lydia und Stan ihre Lebensgeschichte. Zufrieden

legten sich alle um das Lagerfeuer zum Schlafen.

Nach der Verabschiedung am frühen Morgen zogen die Farmer nach Westen und Lydia und Stan weiter nach Osten. In Omaha, nach langen 600 Meilen, wurden sie vom Hilfssheriff Cliff Northon freudig empfangen. „Ich habe für sie ein Hotelzimmer gebucht. Robert kümmert sich um ihr Gepäck und den Planwagen. Ruhen sie sich erst einmal gut aus."

Am nächsten Tag ging Stan ins SHERIFF'S OFFICE und erklärte sein Anliegen. „Deputy, wir wurden auf dem Weg hierher überfallen. Irische Farmer, die nun auf dem Weg nach Westen sind, können dies bestätigen. Unsere Ausweispapiere sind verbrannt. Lediglich die Arbeitspapiere für mich und meine Frau habe ich noch."
„Das ist kein Problem. Ihr Ruf eilte von Colorado Springs voraus. Ich werde alles Nötige veranlassen. Aber auch die Stadt

Omaha hat ein Anliegen. Unser Sheriff ist vor 6 Tagen erschossen worden. Am Sterbebett gab er mir dieses Telegramm von seinem Freund in Colorado Springs. Sie haben dort die Stadt gerettet und das Leben vieler Bewohner. Ich möchte sie zum Sheriff von Omaha vereidigen.", so der Hilfssheriff Cliff Northon. „Ich nehme den Posten gerne an.", sagte Stan Thor.

Lydia und Stan richteten sich in einem kleinen Haus am Rande der Stadt gemütlich ein. Es hätte auch noch ein größeres Haus gegeben, aber der große Stall war dann doch ausschlaggebend. Hier konnte Stan seine Arbeiten an den Feuerwaffen fortsetzen. Und gerade damit begann er sofort, während seine Frau das Haus einrichtete. Herrliche Stoffe für Vorhänge, ein wunderschönes rotes Sofa, ein Teeservice aus Germany und viele Dinge mehr, die Lust auf einen gemütlichen

Feierabend machen sollten. Die Kinder aus der Nachbarschaft brachten dem kleinen Joe Spielzeug aus Holz. Lydia fand eine Anstellung als Lehrerin. Nun hatte sie keine Raumschiffcrew unter sich, sondern eine Bande lieber Kinder. Es war natürlich eine Umstellung, von Galaxien, dem Universum oder gar dem Omnium, auf die Grundrechenarten umzusteigen. Manchmal war es für Stan und Lydia auch schwer, ihr Wissen für sich zu behalten.

„Guten Morgen, Cliff. Ist ein herrlicher Tag heute.", sagte Sheriff Stan Thor. „Ja, wunderbar. Haben sie sich gut eingerichtet, Sheriff?" „Wir sind sehr zufrieden. Es sind so viele nette Menschen in ihrer, sorry, unserer Stadt." „Stimmt. Unser ehemaliger Sheriff hatte alles gut im Griff. Wir haben nur Probleme mit den Besitzern der Erzmine im Norden." „Hat der Tot des Sheriffs damit zu tun?"

„Korrekt. Und ich würde denen gern das Handwerk legen."
„Sagt ihnen der Name Pedro Morgeno etwas?", fragte der Sheriff. „Ja, der Sheriff in Colorado Springs sendete einmal ein Telegramm. Mehrere Mexikaner wurden verschleppt. In der Mine arbeiten viele Mexikaner. Die Besitzer, die Brüder Dennon, haben eine Festung aus der Mine gemacht. Niemand kommt rein, niemand raus. Sie selbst kommen samstags zum Bier in die Stadt und nehmen Proviant mit."
„Und was geschah mit dem Sheriff." „Es gibt angeblich keine Zeugen, denn die Brüder Dennon zwangen alle Besucher des Saloons sich umzudrehen. Angeblich sollte es ein faires Duell gewesen sein. Aber der alte Hardy sagte, der Sheriff wurde von zwei Mann festgehalten."
„Wo finde ich diesen Mr. Hardy?", fragte der Sheriff nach. „Erschossen. Zwei Tage nach der Aussage fand ich ihn hinter dem Pferdestall." „Morgen reite

ich zu der Mine, werde die Lage einmal prüfen." „Soll ich sie begleiten?" „Nein, in der Stadt muss ein Gesetzesvertreter bleiben." „Aber Pete könnte sie begleiten. Er kennt den Weg." „Okay, damit bin ich einverstanden."

Am nächsten Morgen starteten Sheriff Stan Thor und Pete zur Mine. „Dort sind die ersten Wachposten Sheriff. Wir reiten um die Felsen herum, dann können sie den Eingang der Mine sehen.", erklärte Pete. Mit seinem Fernrohr sah der Sheriff, dass die Arbeiter ausgepeitscht wurden. Ein Mexikaner lief davon. Er wurde von einem Aufseher ohne zu zögern erschossen. Pete sagte: „Das war Mike Dennon, er trägt ein rotes Halstuch. So ein Schwein. Aber alle sind sie Schweine." Pete war verbittert.

Am Abend beratschlagten Cliff Northon und Stan Thor die Lage. „Wir müssen einen Marshal und das Gericht einschalten.", sagte Stan. „Ich dachte, sie sind auch Marshal. So schrieb es doch der Sheriff in Colorado Springs." „Ach, das ist eine andere Geschichte, darüber reden wir später. Morgen ist Samstag. Ich nehme mir die Dennon's morgen zur Brust."

Lydia hatte ein herrliches Abendessen vorbereitet. „Was macht unser Sohn?", fragte Stan. „Er wächst und gedeiht, Liebling. Mit seinem Holzrevolver spielte er heute mit den Kindern im Hof. Soll er später auch einmal Marshal werden? Was meinst Du?" „Politiker wäre mir lieber. Wir kennen doch die Weltgeschichte." Nach dem

Essen ging Stan noch in den Stall, den er sich zu einem Arbeitsraum eingerichtet hatte. Es wurde spät. „Schläfst du Schatz?" „Ich habe noch auf dich gewartet. Die Rechenarbeiten habe ich schon korrigiert. Was hast du gearbeitet?" „Ich habe den Colt weiter verbessert. Schlafe gut, mein Darling."

Der Samstag begann ruhig. Gegen 16 Uhr trafen die Dennon's in der Stadt ein. Nach dem Einkauf gingen Big Dennon, Jack Dennon und Mike Dennon in den Saloon. Sheriff Northon trat ein: „Mein Name ist Stan Thor, ich bin Sherif in dieser Stadt. Um mir einen Überblick zu verschaffen werde ich sie Montag besuchen." „Was sagt die Kakerlake?", murmelte Big Dennon. „Die Kakerlake will zum Tee kommen, Big Dad.", provozierte Mike Dennon. „Ach ja, Mike Dennon?" „Was willst du, Kakerlake?" „Ich nehme sie wegen Mordes im Namen des

Gesetzes fest." Mike Dennon griff zum Revolver. Der Sheriff war schneller. „Drücken sie ab, sind sie eine Leiche.", sagte der Sheriff. In diesem Augenblick kam der Hilfssheriff mit einer Winchester in den Saloon und hielt die anderen Dennon's in Schach. Jack und Big Dennon verließen die Stadt mit der Androhung: „Ich hole meinen Jungen hier raus. Und dich, Kakerlake, vernichte ich mit einem Kugelhagel!"

Mike Dennon wurde eingesperrt. „Ich telegrafiere Richter Smith in Kansas City, aber das wird 30 Tage dauern, bis er hier ist.", sagte Cliff Northon. „Nun, ich bleibe dabei, Montag erledige ich die Bande. Es dürfen nicht noch mehr Menschen in der Mine sterben." „Sheriff, muten sie sich nicht zu viel zu, man lebt nur einmal. Aber bei dieser Brutalität ist es fraglich, ob es noch Menschen im Jahr 2100 gibt." „Mann, wenn sie wüssten.", murmelte Stan Thor.

Sheriff Stan Thor machte sich am Montag um 9 Uhr auf den Weg zur Mine. Der Sheriff wollte die Sonne im Rücken haben. Er beobachtete wie Big Dennon, Vater von Jack, Norman, Robert und Mike, die Wachen verteilte. Drei Mann patrouillierten um den hohen Zaun herum. Der Sheriff wartete ab, die drei Männer ritten auf den Eingang zu. Die Sonne stand gut. Das Mündungsfeuer des

umgebauten Colts konnten sie bestimmt nicht erkennen. Ein gezielter 1000-Meter-Schuss und die drei Reiter starben an der Explosion. Das gut gesicherte Eingangstor brach zusammen. Die Dennon's und ihre Revolverhelden rannten aus dem Haus, schossen wild um sich und suchten Schutz. Der Sheriff ortete jeden von ihnen. Er schoss auf die Pferdetränke... eine gewaltige Explosion durch das Krysilium töte den Revolvermann. Der nächste 1000-Meter-Schuss traf das Haupthaus, es ging in Flammen auf. Die Sache lief gut. Plötzlich bemerkte der Sheriff, dass hinter seinem Rücken eine Handvoll Männer auf ihn zugeritten kamen. Der Sheriff ritt um den Hügel herum, um zurück in die Stadt zu kommen. Dort angekommen sah er die aufgeregten Bürger. Mike Dennon überrumpelte den Hilfssheriff und bot den Revolverhelden Ross und Clark 500 Dollar für die Ermordung von Sheriff Thor. Clark brachte noch seine fünf Freunde mit. „Sheriff, ich habe einen Fehler gemacht. Jetzt wird die Bande unsere Stadt in Schutt und Asche legen.", wimmerte Cliff Northon.

Alles beruhigte sich wieder, denn Sheriff Thor sagte mit seiner beruhigenden Stimme: „Alles wird gut, Leute. Ich nehme den Kampf auf. Wie in Colorado Springs benötige ich den schnellsten Reiter unter euch. Er muss frühzeitig ankündigen, wann die Bande von der Mine aus losschlagen will." Stan ließ seinen alten Planwagen aus dem Stall holen. „Ist der schwer zu schieben... Sheriff... was haben sie hier verbaut?", rief Pete und quälte sich mit vier weiteren Männern. Den Wagen ließ der Sheriff vor das Office schieben. Man sah wohl, dass die Holzräder durch Stahlräder ausgetauscht wurden. Aber der Rest schien Holz zu sein. Er war nun höher als sonst, das sah man aber nicht, da das bogenförmige Planwagendach viel verdeckte. Die Bürger sollten in ihren Häusern bleiben. Lydia und Joe versteckten sich im Office. „Sie kommen! Sie kommen!", rief der Beobachtungsposten. Jetzt war die Stadt totenstill. Aus zwei Richtungen griffen die Revolverhelden an. Sie sahen den Planwagen und den Sheriff darin, sofort schossen sie aus allen Rohren. Das Planwagendach wurde weggeschossen. Der Wagen wurde durchlöchert. „Wir haben ihn! Legt die Stadt in Schutt und Asche!", schrie Big Dennon. Wie aus dem Nichts stand plötzlich der Sheriff im Planwagen und schoss im Zehntelsekundentakt auf alles was sich bewegte. Auf seinem Colt war ein langer Schacht angebracht, in dem 100 Schuss Munition waren. Die Revolverhelden waren irritiert und schossen entweder weiter oder suchten Schutz im Saloon. Der Sheriff setzte das nächste Magazin auf. Nun war die Munition mit Krysilium bestückt. 100 Schuss... unendliche Explosionen... es gab um den Planwagen herum nur noch Tote. Das Magazin war leergeschossen. Jetzt setzte Stan Thor die umgebaute Trommel mit 9 Schuss wieder in den Colt ein. Langsam ging er zum Saloon. Robert Dennon war noch nicht erledigt. Von einer Kugel getroffen stand er auf, versteckte sich hinter dem Planwagen und zielte auf den Sheriff. „Kakerlake, du bist jetzt dran!" Der Sheriff war in der Falle, er stand zwischen Planwagen und Saloon. Ein Schuss fiel. Robert Dennon brach zusammen. Lydia zielte genau. Als Captain der STAR MAR 8 war sie geschult. „Und jetzt mache sie fertig, Sheriff!", rief sie ihrem Mann zu. Vier Mann standen vor dem Saloon und waren geschockt. Sie zogen ihre Kanonen und schossen auf den Sheriff. Die Kugeln landeten im Sand, der Sheriff war noch zu weit entfernt. Die Männer luden nach. „Ihr seid verhaftet, legt die Waffen nieder!", rief der Sheriff. Die Männer schossen weiter. Stan Thor zog den Colt. Drei Kugeln aus Krysilium schossen pfeifend durch die Luft. Explosionen... Tote.

Revolverheld Frank Ross und Mike Dennon waren noch im Saloon. „Weitere 1000 Dollar wenn wir das Schwein erledigen.", bot Mike an. „Okay!", antwortete Frank Ross. Der Sheriff kam durch die Pendeltüren. Die Männer standen sich gegenüber. Der Sheriff hatte nun noch sechs normale Patronen. Es wurde nun ein echtes Duell. Ein Duell, wie es Stan Thor unendliche Male gegen Billy the Kid erlebt hatte, im Erlebnisraum auf dem Mars. Aber da war der Revolverheld virtuell. "Zieh!", schrie Mike Dennon. Der Sheriff achtete nur auf die Augen der Gegner. Er hörte nichts und sah nichts anderes. Dann das Zucken bei Frank Ross. Der zog den Revolver. Blitzschnell zog der Sheriff, mit dem Daumen spannte er den Hahn, der Zeigefinger reagierte sofort. Zwei Schuss! Die eine Kugel traf Frank Ross. Ross' Kugel traf nur die Pendeltür. Mike Dennon zog auch die Waffe. Wieder war der Sheriff schneller.

Die Stadt feierte den Erfolg. „Sheriff, was war denn nun mit ihrem Planwagen los, warum war der so schwer?", fragte Pete. „Ich habe Stahlplatten von den Eisenbahnen eingebaut.", antwortete der Sheriff. „Hey, unser Sheriff hat eine eigene Eisenbahn!", lachte Pete. „So, jetzt will ich noch los zur Mine. Ich habe dem kleinen Pedro ja etwas versprochen.", rief der Sheriff in die Runde. Der Sheriff nahm ein Bild von sich, mit seiner Frau und Joe, mit zur Mine. An der Mine angekommen fand er noch etwa eine Handvoll Mexikaner vor. „Ist Mr. Morgeno unter ihnen?", fragte der Sheriff. „Ich bin Jose Morgeno.", sagte ein Mann. „Dein Sohn hat mich geschickt. Hier sind 100 Dollar. Zeige ihm dieses Bild und grüße deinen Sohn von seinem Mr. Marshal."

Abends fielen sich Lydia und Stan in die Arme. „Was macht unser Sohn?", fragte Stan. „Er wächst und gedeiht.", lachte Lydia. „Ich erinnere mich gern an meinen Großvater. Er erzählte mir immer wieder von einem unserer Vorfahren. Ein Sheriff mit Namen Stan Thor. Er soll um das Jahr 1880 gelebt haben. Ich hielt das immer für eine spannende und erfundene Geschichte von ihm. Ist das nicht unglaublich?", sagte Stan. „Na, bei dem was wir beide so alles erlebt haben, wundert mich nichts mehr. Schlafe gut, mein Darling."

Viele, viele Jahre war Stan Thor noch Sheriff in Omaha. Jede

Menge Abenteuer hatte er noch zu überstehen, denn der Wilde Westen war wild und unberechenbar, genauso wie das Universum. Lydia wurde Schulleiterin. Ihr Sohn Joe wurde in New York Richter. Bei Ausgrabungen im Jahr 1978 fand man nördlich von Omaha den Spezial-Colt und eigenartige, nicht von dieser Erde stammende Patronen, die hochexplosiv waren. Das unterlag der höchsten Geheimhaltung. 2016 fand eine Pfadfindergruppe im Gebirge westlich von Colorado Springs den Fluggleiter des Polizei-Raumschiffs STAR MAR 8. Das Notsignal SOS war immer noch aktiv. Fragen über Fragen...

..................Ende..................

Das Universum – Wir leben auf einer wunderbaren Erde. Es könnte ein herrliches Miteinander geben. Die Erde befindet sich in unserem Sonnensystem. Das Sonnensystem ist Teil unserer Galaxis, auch Milchstraße genannt. Es gibt unzählige Galaxien. Alles zusammen ist unser Universum. Wie viele Universen könnte es geben? Oder dehnt sich unser Universum nur in einem leeren Raum aus? Gibt es weitere Universen, so könnten wir es „Das Omnium" nennen. Was kommt dann? Fragen über Fragen! Auf jeden Fall sorgen die Star Marshals in unserem Universum für Recht und Ordnung. Weitere Abenteuer werden demnächst folgen.

Ab Januar 2016 erhältlich:

Das Buch „Konstanzes Vermächtnis" ist ein Generationen-Roman und spielt im Alten Berlin bis in die Neuzeit.

ISBN 978-3-73921-903-5

Das Buch „Star Marshal" ist ein Science-Fiction-Western. Ein Polizei-Raumschiff wird von einem Schwarzen Loch verschluckt.

ISBN 978-3-73922-617-0

Bücher 2015:

Fitus, der Sylter Strandkobold

30 spannende Kindergeschichten mit vielen Bildern und kindgerechten Informationen über Sylt

ISBN 978-3-95744-758-6

Das Schweinchen Klecks und andere Kindergeschichten

Ein Kinderbuch für Erstleser und zum Vorlesen.

ISBN 978-3-95744-286-4

Spannende Kurzgeschichten für unterwegs

50 abgeschlossene Kurzgeschichten aus allen Genres.

ISBN 978-3-95744-598-8

Science Fiction, Horror & Co.

Spannende Kurzgeschichten in Science Fiction, Horror, Schicksal und Krimi eingeteilt.

ISBN 978-3-96008-041-1

Brandneu ist das Buch

DER KLEINE SYLT REPORT –
Autorenteam Sültz auf Sylt

ISBN 978-3-73922-559-3

Herzlichen Dank für Ihr Interesse

Uwe H. Sültz

Theo von Taane

3D Badminton 2 in 1 Tacticboard & Training Workbook

The 2 in 1 Tacticboard & Training Workbook for fast creation of coaching instructions/game tactics and schemes, doesn't only offer sport specific preprints (playing field and space for notes), but also a cover, usable as a dry erase panel (whiteboard pen is needed).

ADVANTAGES:
- notebook with sport specific preprints (playing field) for fast and simple sketching of coaching instructions/game tactics and schemes

- If all pages of the notebook are used, the cover is still a dry erase panel (tacticboard)

- Due to a handy format, the notebook can be comfortably used in any situation (e.g. on the way or on the playing field)

- Perfect for spontaneous collection of ideas or as a memorization tool

- Practical handling due to easy pocket format

Bibliografische Information der Deutschen Nationalbibliothek:
Die Deutsche Nationalbibliothek verzeichnet diese Publikation in der Deutschen Nationalbibliografie; detaillierte bibliografische Daten sind im Internet über http://dnb.dnb.de abrufbar.

© 2016 Theo von Taane; 1. Auflage

Texte und Illustrationen: **Theo von Taane**

Herstellung und Verlag: BoD – Books on Demand, Norderstedt

ISBN: 9783739233116